Savanas

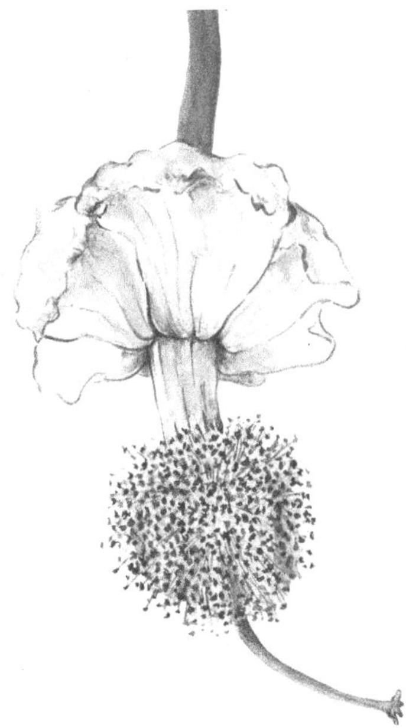

Savanas

Marcelo Bizerril

ILUSTRAÇÕES

Adriana Bento

Coleção Jabuti

Conforme a nova ortografia

1ª edição / 1ª tiragem

2011

Editora Saraiva

Editora Saraiva

R. Henrique Schaumann, 270
CEP 05413-909 – Pinheiros – São Paulo-SP
Tel.: PABX (0**11) 3613-3000
Fax: (0**11) 3611-3308
Televendas: (0**11) 3613-3344
Fax Vendas: (0**11) 3611-3268
Atendimento ao Professor: 0800-0117875
Endereço Internet: www.editorasaraiva.com.br
E-mail: atendprof.didatico@editorasaraiva.com.br

Revendedores Autorizados

Aracaju: (0**79) 3211-8266/3211-6981/3213-7736
Bauru: (0**14) 3234-5643/3234-7401
Belém: (0**91) 3222-9034/3224-9038/3241-0499
Belo Horizonte: (0**31) 3429-8300/3429-8310
Brasília: (0**61) 3344-2920/3344-2951/3344-1709
Campinas: (0**19) 3243-8004/3243-8259
Campo Grande: (0**67) 3382-3682/3382-0112
Cuiabá: (0**65) 3901-8088/3901-8087/3901-8089
Curitiba: (0**41) 3332-4894
Florianópolis: (0**48) 3244-2748/3248-6796
Fortaleza: (0**85) 3238-2323/3238-1331
Goiânia: (0**62) 3225-2882/3212-2806/3224-3016
Imperatriz: (0**99) 3525-2913
João Pessoa: (0**83) 3241-7085/3222-4803
Londrina: (0**43) 3322-1777
Macapá: (0**96) 3223-0706/3223-0715
Maceió: (0**82) 3221-0825
Manaus: (0**92) 3633-4227/3633-4782
Natal: (0**84) 3611-0627/3211-0790/3222-1158
Porto Alegre: (0**51) 3371-4001/3371-1467/ 3371-1567
Porto Velho: (0**69) 3223-2383/3221-2915/3221-0019
Recife: (0**81) 3421-4246/3421-4510
Ribeirão Preto: (0**16) 3610-5843/3610-8284
Rio Branco: (0**68) 3224-3125/3224-7094/3224-3432
Rio de Janeiro: (0**21) 2577-9494/2577-8867/ 2577-9565
Salvador: (0**71) 3381-5854/3381-5895/3381-0959
Santarém: (0**93) 3523-6016/3523-5055
São José do Rio Preto: (0**17) 3227-3819/ 3227-0982/3227-5249
São José dos Campos: (0**12) 3921-0732
São Luís: (0**98) 3243-0353
Serra: (0**27) 3204-7474/3204-7483
Teresina: (0**86) 3221-3998/3226-1956/3226-1125
Uberlândia: (0**34) 3213-5158/3213-6555/3213-4966

Impressão e acabamento:
Log&Print Gráfica, Dados Variáveis e Logística S.A.
OP: 248841

Gerente editorial: ROGÉRIO CARLOS GASTALDO DE OLIVEIRA
Editora-assistente: KANDY SGARBI SARAIVA
Coordenação e produção editorial: TODOTIPO EDITORIAL
Preparação de texto: MIRACI TAMARA CASTRO
Auxiliares de serviços editoriais: RUTE DE BRITO, MARI KUMAGAI e ALINE SOUZA
Suplemento de atividades: MIRACI TAMARA CASTRO
Revisão: BÁRBARA PRINCE, MARCOS SOEL
Produtor gráfico: ROGÉRIO STRELCIUC
Gerente de arte: NAIR DE MEDEIROS
Projeto gráfico e capa: LEONARDO ORTIZ

Dados Internacionais de Catalogação na Publicação (CIP)
(Câmara Brasileira do Livro, SP, Brasil)

Bizerril, Marcelo
Savanas / Marcelo Bizerril; ilustrações de Adriana Bento. — 1. ed. — São Paulo: Saraiva, 2011. (Coleção Jabuti).

ISBN 978-85-02-13386-0 (aluno)
ISBN 978-85-02-13385-3 (professor)

1. Literatura infantojuvenil I. Bento, Adriana. II. Título. III. Série.

11-05576 CDD-028.5

Índices para catálogo sistemático:
1. Literatura infantojuvenil 028.5
2. Literatura juvenil 028.5

Para:

Dulce, Rogério, Flávio e Taís,
que acreditam nesse tipo de coisas, e em muitas outras...

Imagine-se como uma ave em pleno voo sobre um imenso campo cor de palha pontilhado de árvores bem verdinhas. Por entre as nuvens, você vê, lá embaixo, uma mata estreita cortada por um rio que faz várias curvas. O rio segue correndo por quedas-d´água e desaparece no interior de uma mata fechada. Ressurge mais à frente em uma área alagada onde se destacam as palmeiras. Volta a correr, passa por baixo de uma ponte e é engolido por uma enorme caverna.

Pois é nesse e em outro lugar, bem parecido, mas muito distante (e que você conhecerá algumas páginas à frente), que se passa esta intrigante história.

No interior da mata, dona Isaura, a anta professora mais sábia e respeitada da região, está dando mais uma aula à sua simpática turma. Ela mostra algumas projeções com mapas do mundo em épocas em que os continentes tinham uma distribuição bem diferente da de hoje em dia.

Dona Isaura

Um dia, há muito tempo, todas as terras do planeta formavam um único e imenso continente. Mar também só havia um. Depois, com o passar do tempo, esse continente se separou em dois, um para o norte e outro para o sul. E as divisões não pararam mais. Esses dois foram se dividindo em pedaços menores que se separaram, formando os continentes que temos hoje. Mas atenção, meninos: isso tudo aconteceu ao longo de milhões de anos, e continua acontecendo, porque os continentes ainda se movem um pouquinho a cada ano.

Não satisfeitos com a separação natural dos continentes, os humanos dividiram e subdividiram ainda mais as terras, e foi assim que surgiu o que chamamos de nações. Muitas delas resultaram de guerras sangrentas.

Ao fim da apresentação, acende-se a luz.

Dona Isaura

Alguma dúvida? Querem comentar algo sobre a aula?

Alguns alunos se alvoroçam, principalmente Lia, a tesourinha, Romeu, uma onça jovem, e Arthur, o lobo-guará.

Lia

Esse bicho-homem! Não sei de onde vem essa necessidade de ter um território próprio. Por que não dividir o espaço com todos?

Romeu

Peraí, não é bem assim, território é um negócio importante! – responde enquanto afia as garras em um tronco de árvore.

Arthur

Concordo. Se a gente marcar tudo direitinho, não tem por que ter briga. É só ter organização – comenta já se levantando e fazendo xixi em um cupinzeiro e em um arbusto.

Lia

Vocês se preocupam com essas bobagens, mas nem conseguem tomar conta direito desse tal território que vivem marcando!

Os dois viram para Lia, mas, antes que respondam, dona Isaura ajeita os óculos e vai logo dizendo com doçura.

Dona Isaura

Meninos, não é preciso discutir sobre isso. Sabemos da natureza diferente de cada um. É isso que faz da diversidade algo formidável!

Neste momento, ouve-se a voz do pequeno Leopoldo, um filhote de quati.

Leopoldo

Professora, quer dizer que já estivemos unidos à África?

Dona Isaura

Muito bem, Leopoldo. Estivemos juntos sim. Foi uma das últimas separações entre os continentes. Se olharmos bem no mapa-múndi, dá até pra imaginar como devia ser o encaixe desses dois continentes.

Leopoldo

E por que não tem girafas aqui?

Jéssica

Porque elas são muito sensíveis e não aguentam ouvir perguntas idiotas – ironiza a cangambá mais irritada da região.

Leopoldo

Vai ver é que elas não aguentam o seu cheiro!

Jéssica

Quer sentir um pouco do cheiro, engraçadinho? – ameaça, já levantando a cauda e batendo as patinhas da frente no chão.

Todos

Nããããooo! – gritam desesperados, correndo para trás de um tronco caído, que serve como mesa para a professora.

Saindo de trás da mesa, a professora continua.

Dona Isaura

Minha querida, você precisa manter a calma. Só deve usar esse recurso em sua defesa. Quantas vezes vou precisar repetir isso? Bem, voltando ao assunto de hoje, como lição de casa vocês terão que fazer uma redação sobre como seria o mundo se os continentes ainda fossem unidos. Que tal o tema? Instigante, não?

Arthur

Poderíamos atravessar o mundo apenas caminhando.

Bela

Daria pra conhecer bichos e paisagens do mundo inteiro. E também saborear todas as formigas e cupins do planeta! – exclama, muito animada, a jovem tamanduá, enquanto bate uma garra na outra.

O canto da Seriema indica que são seis horas e a aula está terminada. Bela, Arthur, Lia e Jéssica estão saindo da floresta em direção às suas casas no cerrado aberto quando escutam o chamado de Chico, o macaco-prego, em cima de uma das árvores na beira da mata.

Chico

Ei, pessoal, esperem aí! Perdi algo importante hoje?

Jéssica

Chico, por que você não desiste logo de estudar? Você falta mais do que assiste às aulas – diz sem parar de andar e sem sequer olhar para ele.

Chico

Puxa, não é bem assim. Tive problemas hoje...

Bela

Sério? O que aconteceu?

Chico faz uma cara séria, que aos poucos vai se transformando em sorriso debochado. Em pouco tempo ele não se contém e desata a rir. Mal consegue falar.

Chico

Pessoal, vocês tinham que ter visto aquilo! O João-de-Barro nem conseguiu sair de casa por causa dos espinhos do Ouriço que eu coloquei na porta... Há, há, há, há! E o Ouriço? Acordou pelado depois que eu tirei todos os espinhos dele... Há, há, há, há! Deu um trabalhão! Passei a tarde toda para fazer essa "tarefa"! Há, há, há, há!

Os quatro colegas, fazendo cara de reprovação, viram as costas para Chico e começam a caminhar mais rápido, afastando-se da floresta.

O macaco-prego grita e os segue, pulando de galho em galho, mas para na última árvore na entrada da mata.

Chico

Esperem, esperem. Vocês sabem que não gosto de me afastar muito da floresta. Me ajudem, por favor!

Mas eles já vão longe.

Bela

Já chega, Chico. Você não quer nada com os estudos mesmo. Se julga muito esperto, pena que só usa sua esperteza para pregar peças nos outros.

À noite, lá de cima de uma árvore, Chico come lagartas-de-fogo enquanto se queixa com Romeu, que afia as garras no tronco.

Chico

Pessoal sem senso de humor...

Romeu

Chico, presta atenção, rapaz! Um dia você vai se dar mal. Devia usar sua inteligência pra fazer coisas legais.

Chico retira cuidadosamente os pelos das lagartas antes de comê-las.

Chico

Como o quê?

Romeu

Coisas legais, oras! Sei lá, ajudar os outros...

Chico

Ajudar... só me faltava essa agora. Falar é fácil... Mas, até onde eu sei, vocês, onças, não são muito boas nisso, não é?

Romeu fica sem graça.

Romeu

Não é bem assim. Teve aquela vez que aliviei a barra daquela queixada, lembra?

Chico

Aliviou, é? Você ficou é com medo de levar uma dentada. Tremeu só de ver ela arrepiar os pelos e bater os dentes. E imagina só se a queixada chamasse a turma dela. Você estaria perdido...

Romeu engole em seco.

Chico

Tá bom. Vamos mudar de assunto. Comece você a me ajudar e me diga o que a professora passou como dever de casa.

Romeu

Está bem. Foi uma aula muito interessante...

Romeu fala o que a professora deu na aula enquanto Chico ouve atentamente.

Chico
Gostei dessa história dos continentes, Romeu! Amanhã cedo vou procurar o velho Élvis para ver se ele sabe mais coisas sobre isso.

Élvis é um urubu-rei, conselheiro de todos naquela região. Sempre que fica inquieto com alguma coisa, Chico gosta de visitar o velho Élvis para ouvir a opinião do sábio urubu.

No outro dia pela manhã, Chico levanta cedo e vai ligeiro para a borda da mata. Encontra duas veadinhas pastando e as cumprimenta educadamente.

Chico
Bom dia, meninas! Viram se o metrô já passou hoje?

Veadinha
Não, Chico. O Zé está atrasado outra vez.

Chico fica esperando num galho do pé de embaúba. Neste momento, chega Cida, a arara, que já vem falando sozinha de longe, enquanto voa até pousar num pé de buriti ali perto.

Cida
Grá, grá. Dia difícil. Está muito seco hoje. Capaz de pegar fogo e queimar isso tudo aqui. Eu me lembro daquele ano que queimou quase tudo. Eu era moça, mas me lembro como se fosse ontem. Gritos, desespero, fumaça, muita fumaça, calor, calor... Nossa, que calor, um calor enorme! E depois, vixe nossa senhora, fuligem! Ficou só fuligem! Tudo preto. Tudo seco. Preto e seco. Seco e preto. Nada pra comer. Só para os carcarás, esses, sim, fizeram a festa. Como é que podem viver de comer coisa morta? Eles ficam mesmo é felizes quando tudo queima... Mas espera aí: e se são eles que tocam fogo em tudo só pra comer os bichos depois? Será? Que maldade!

As veadinhas e Chico se entreolham e suspiram. Cida nem se dá conta e continua a falar, como sempre.

Cida

Quando será que vai chover? Nossa, esse buriti está duro demais. Quase quebrei o bico. Grá, grá...

De repente, um tremor no chão faz surgir a cabeça do Zé, um tatu-canastra que sai de um senhor buraco recém-aberto na terra.

Chico

Até que enfim, Zé! Atrasado de novo, hein?

Zé

Olha, Chico, você não sabe como o chão fica duro nessa época de seca. Assim fica difícil cavar... E então, vai de metrô subterrâneo ou no de superfície?

Chico

Hoje vamos observando a paisagem. Tenho pressa de encontrar o mestre Élvis.

E lá se vai Chico em busca de respostas para saciar a curiosidade, montado no tatu, que sai em corrida pelo cerrado.

Chegando a um cerrado mais aberto, Chico avista o sábio urubu pousado em cima de uma gomeira muito alta.

Chico

Mestre Élvis! Eu vim...

Élvis

Eu já sabia que *sumcê* vinha, Chico – interrompe com sua voz de ancião, enquanto solta uma baforada do cachimbo.

Em um salto rápido chega ao chão, abrindo suas belas asas brancas e negras. Olha bem para Chico e diz:

Élvis

O que *sumcê* quer com o velho logo cedo? Boa coisa é que não pode ser, hê, hê, hê – sorri o velho urubu em um misto de riso e tosse.

Chico

Que é isso, mestre? Que ideia o senhor tem de mim? Vim aqui pra um dedo de prosa. É que, na escola, a professora falou que nosso continente já foi unido com a África, e eu queria saber mais sobre isso.

Mestre Élvis pega uns búzios e os joga sobre uma folha bem larga, cuidadosamente esticada no chão. Devagar, observa os búzios e vai pegando um a um.

Élvis

É isso mesmo, *mizifiu*. Já foi tudo uma coisa só.

E continua a jogar os búzios e tornar a pegá-los um a um.

Élvis

Tudo juntinho. Todo mundo junto. Unha e carne. Agora não é mais assim não. Fica tudo longe... Separado. Cada um no seu canto.

Até que joga os búzios e faz uma cara de espanto.

Chico

Que é que foi, mestre?

Élvis

O que *mizifiu* não sabe é que ainda tem jeito de atravessar de lá pra cá e de cá pra lá.

Chico

Claro, mestre Élvis. Basta ir nadando ou voando.

O urubu permanece sério e em silêncio, encarando Chico.

Chico

Peraí, tem outro jeito? Como é isso, mestre? Conta como faço para ir lá sem ter que nadar todo o oceano!

Mestre Élvis olha pra Chico desconfiado e guarda os búzios com pressa, encerrando a conversa.

Élvis

Num carece de saber isso não. Mizifiu é muito danado. Vai acabar aprontando alguma.

Chico

Mestre, espera um pouco! Explica isso direito!

Mas já é tarde. Mestre Élvis dá uns pulinhos e alça voo. Em círculos, plana cada vez mais alto até desaparecer no céu. Dá apenas para ouvir sua última frase.

Élvis

Mizifiu, toma cuidado com o que procura. Pode acabar encontrando...

Enquanto isso, na Savana africana, a estação seca já está em estado avançado. Um grande grupo de gnus e zebras está parado ao sol, descansando próximo a um pequeno lago, já raso e com água barrenta.

Gnus

Nuuuuu.

Clauzi

Vamos lá, pessoal, levantando! Ânimo! Vocês precisam se preparar melhor para a grande migração!

Clauzi, uma jovem zebra, tenta, a seu modo, organizar a manada de gnus, que continua alheia a seus apelos. Dois jovens gnus, Lumumba e Ndogo, estão descansando e conversam, enquanto olham a agitação que Clauzi está promovendo ali perto.

Lumumba

Quem foi que começou com a ideia de migrar junto com estes caras?

Ndogo

Não sei. O pior é que eles acreditam mesmo que são os donos do pedaço – fala o menor dos dois.

Clauzi

Peraí, eu ouvi isso! Vocês deviam nos agradecer e reconhecer que, se não fôssemos nós nessa manada, vocês todos seriam devorados pelos leões e nunca encontrariam o caminho certo.

Ndogo

Coitado! Fique sabendo que nós nos viramos muito bem. Por que acha que somos a espécie mais numerosa por aqui?

Lumumba

É isso aí! Não precisamos de vocês. Somos muito inteligentes. E não apenas inteligentes, somos geniais!

Lumumba cumprimenta Ndogo, batendo os cascos das patas da frente. Neste momento, passam três gnus em sua correria desajeitada.

Gnu 1

O último a chegar é uma zebra listrada de preto!

Gnu 2

Peraí. Mas as zebras não são pretas listradas de branco?

Os três param e começam uma discussão séria. Algum tempo depois...

Gnu 3

Já sei! A zebra pode ser de outra cor, com listras brancas e pretas.

Os três sorriem e se cumprimentam, exclamando:

Gnus 1, 2 e 3

Genial!

Gnu 3
O que é isso, obrigado! Na verdade, foi um trabalho de equipe. Nós todos estamos de parabéns!

Gnu 1
Mas por que estávamos mesmo discutindo isso?

Entreolham-se e nenhum parece lembrar.

Gnu 2
Não importa. Vamos descansar um pouco.

Os três param, abocanham um punhado de capim e ficam olhando o infinito.

Gnus
Nuuuuuu.

Clauzi olha com uma expressão de ironia para Ndogo e Lumumba, que olham para o lado, levantam-se e começam a andar, evitando o olhar da zebra.

Ndogo e Lumumba
Nuuuuuuu.

Ndogo e Lumumba caminham e começam a beber o pouco de água que resta ali. Enquanto bebem, procuram mudar de assunto.

Lumumba
Está fazendo calor demais este ano. A seca vai ser mesmo insuportável.

Ndogo
É. Ninguém está livre dos efeitos das mudanças climáticas globais – e continua a beber.

Lumumba
Do que você está falando? Onde aprendeu isso? Pode parar, não tem nenhuma zebra por perto pra você querer impressionar.

Ndogo
Como você é desinformado! Não sabe que o excesso de gases estufa lançados na atmosfera está provocando as mudanças no clima por todos os cantos do mundo, especialmente o aumento da temperatura?

Lumumba
Ah, já ouvi falar algo sobre isso. Mas esses gases vêm dos automóveis e fábricas, coisas que não temos por aqui.

Ndogo
É aí que você se engana. Gases são produzidos em muitos locais, e aqui não é diferente. Olha só aqueles ali.

Ndogo aponta para um grupo de hipopótamos que, parcialmente mergulhados no resto da água já barrenta, soltam bolhas na superfície. Lumumba para de beber imediatamente e faz cara de nojo.

Rama
Aeoooô!

Gnu
Nuuuuuu!

Os dois olham para o lado e veem um macaco-de-cara-preta galopando em um gnu, que corre assustado de um lado para o outro.

Ndogo
Odeio quando ele faz isso! Por que existem macacos?

Clauzi não perde a oportunidade de irritar o pequeno gnu.

Clauzi
Gnus são mesmo geniais! Vocês estavam certos, há, há, há, há!

Ndogo
Por que existem zebras e macacos? – suspira, resignado.

Rama é conhecido por todos na região por ser muito comunicativo, mas também por gostar de aprontar com os gnus. A esta altura, depois de deixar o gnu exausto, caminha com muita agilidade sobre os galhos espinhosos de uma acácia. Ao chegar à parte mais alta, dá de cara com Teresa, a girafa, e leva um susto.

Teresa
Por que se diverte tanto fazendo essas coisas com os pobres gnus?

Com o susto, Rama espeta a pata em um espinho e a leva imediatamente à boca.

Rama
Não dava pra avisar que estava aí, não? Que susto me deu!

Teresa
Onde mais queria que eu estivesse? Olhe em volta e verá que essa é a última planta com folhas por aqui – revela, enquanto estica a língua azulada pronta para degustar mais uma folha.

Rama presta atenção e percebe que todas as árvores mais próximas estão sem folhas. Nem mesmo o enorme baobá tem folha mais. Ainda assim, um elefante raspa parte do seu tronco para comer. Em seguida, Rama passa a notar que muitos dos vários baobás daquela região têm grandes buracos no tronco, feitos pelos elefantes e por ele próprio para passar o tempo. Em alguns, dá até para ver o outro lado, pois o buraco atravessa a árvore toda.

Rama
Não sei como estes velhos baobás resistem aos elefantes. Que fome, hein?

Teresa
Você não sabe que essa é uma árvore sagrada? Ela deve ter lá suas proteções – comenta, um tanto mística.

Rama
Ih, lá vem você com essas histórias...

Teresa

Ah, Rama, a vida tem coisas inexplicáveis. E o que se pode pensar de uma árvore gigante que consegue viver mais de mil anos? Tudo é possível...

Rama fica em silêncio, encucado com os baobás. Teresa percebe isso.

Teresa

Pelo jeito, você ainda não tinha parado para observar os baobás com a devida atenção. Venha! Suba nas minhas costas que vou mostrar pra você que não sou só eu quem considera os baobás sagrados.

Rama não pensa duas vezes. Salta logo para cima da girafa, que sai em caminhada elegante pelos campos da savana.

Chico não consegue esquecer as palavras do mestre Élvis. Passa todo o resto da manhã num galho, intrigado com tudo aquilo. "Como seria possível chegar à África sem atravessar o oceano?" Enquanto pensa, chegam Arthur, Lia e Bela e, de debaixo da árvore, vem a voz.

Lia

E então, Chico, você passou o dia inteiro calado. Boa coisa não deve estar passando por essa cabeça...

Bela

Deve estar pensando em outra peça pra pregar em alguém.

Arthur

Vê lá o que vai fazer dessa vez, moleque doido! Devia ir pra aula hoje.

Chico

Tem razão, vamos estudar que estamos atrasados! – salta rápido para junto dos companheiros, que o olham surpresos.

Na aula, Chico tem um comportamento exemplar, prestando atenção, anotando tudo e participando das discussões propostas por dona Isaura, que, em um misto de alegria e perplexidade, resolve perguntar:

Dona Isaura
Chico, você está passando bem?

Chico
Claro, professora, por quê?

Dona Isaura
Nunca vi você tão interessado na aula. Mas que ótimo! Mesmo que seja efeito de alguma doença tropical emergente, espero que continue doente.

A gargalhada é geral. Chico, porém, nem se abala. Com ar sério, levanta a mão e finalmente faz a pergunta que estava martelando em sua cabeça durante todo o dia.

Chico
Professora, é possível atravessar o oceano e chegar à África?

Dona Isaura
Claro, Chico – o tom doce acompanha o olhar por cima dos óculos.

Os olhos de Chico brilham. Pelo visto, a coisa não é tão difícil como mestre Élvis fez parecer.

Dona Isaura
Você pode ir de navio. Mas aí leva uns dez dias. De avião é mais rápido, mas também é mais caro...

Chico
Não é desse jeito que estou falando! Quero saber se há alguma passagem mágica daqui pra lá.

Dona Isaura
De onde tirou essa ideia, Chico?

Os colegas começam a rir e a caçoar dele. Dona Isaura interrompe, pedindo silêncio, e depois se dirige ao macaco:

Dona Isaura

Chico, acho que você precisa dar menos ouvidos a fantasias e histórias mirabolantes...

Jéssica

E prestar mais atenção nas aulas. Aliás, devia começar ao menos frequentando as aulas.

Chico junta suas coisas e abandona a aula sem dizer nada.

Dona Isaura

Jéssica, de novo? – a professora demonstra desapontamento com o comportamento da cangambá, que dá de ombros, abrindo os braços e balançando a cabeça como quem acha que não fez nada de mais.

Bem longe dali, na Savana africana, Teresa caminha com Rama em suas costas, enquanto fala sobre o que considera inexplicável no mundo, no seu modo místico de ver as coisas. Rama ouve tudo com muita atenção. Aliás, Teresa é a única a quem Rama ouve de fato, ainda que nem sempre concordem.

Teresa

Sabe, Rama, todos nós temos uma razão especial para estar aqui, uma espécie de destino a ser cumprido. É claro que todos têm capacidade de mudar seu destino, mas, no íntimo, bem lá no fundo, sabemos o que devemos fazer. Se pararmos para ouvir nossa voz interior, que muitos chamam de intuição, vamos constatar que ela é uma conselheira poderosíssima.

Rama não responde nada, apenas olha Teresa com admiração.

Teresa

Veja este pequeno cacto. Para muitos, ele não passa de uma planta sem sentimentos. Mas a verdade é que ele sente e entende tudo o que se passa em volta dele. Assim como todos nós, ele só precisa de atenção e compreensão. Devemos conversar com ele e com cada ser vivo, cada capim da savana.

Rama torce o nariz, estranhando aquela conversa. Mas já é tarde. Teresa desata a falar com todas as plantas ali presentes.

Teresa

Olá, querido cacto, como vão seus espinhos? E vocês, capinzinhos, sentindo muito calor hoje? Eu sei que tudo parece seco e perdido, mas acreditem que as coisas vão melhorar se vocês meditarem e buscarem uma vida mais equilibrada. Isso! Veja como você parece ter ficado até mais verdinho, capim querido!

Rama fica de queixo caído.

Teresa

Não quer dizer nada a nossos amigos, Rama?

Rama

O-olá! – diz timidamente.

Algum tempo depois, ela se despede das plantas e continua a falar com Rama.

Teresa

E o que você acha do cosmos, Rama? Aliás, preciso fazer seu mapa astral. Lembre-me disso depois. Ah, preciso contar esta! Uma noite dessas, quando estava olhando o céu, vi uma estrela cadente enorme. É óbvio que era uma mensagem de outros planetas para mim, mas ainda não consegui entender ao certo o significado dessa mensagem. O que você acha que deve ser?

Rama suspira.

Chico sai da aula irritado, com a cabeça a mil, e não se incomoda nem um pouco com a chuva fina. Ninguém o entende mesmo. "Será que o mestre Élvis me enganou? Mas por que ele faria isso?", pensa.

Perdido em suposições, Chico passa rapidamente de uma árvore a outra, quando dá de cara com o Chopim e abre logo um largo sorriso.

Chico
Seu Chopim, que satisfação! O senhor é um ídolo pra mim.

Chopim
Ora, por que essa agora, Chico?

Chico
O senhor não perde a modéstia, hein? Colocar seus próprios ovos no ninho dos outros para que as outras aves os criem... É um golpe de mestre! Queria ser como você!

Chopim
Está certo, Chico, é um trabalho benfeito, mas no fundo é uma questão de sobrevivência. Nós, chopins, não sabemos fazer nossos próprios ninhos e por isso colocamos nossos ovos no ninho dos outros.

Ouve-se então uma forte trovoada. Olhando para o lado, Chico depara com um ninho de anu com dois ovos. Apesar da pressa para fugir da chuva, detém-se diante do ninho com uma expressão de quem está tendo mais uma ideia maluca. Seus olhos brilham e ele deixa escapar um sorriso maroto para o Chopim, que o olha com ar preocupado...

Chico
Vou tentar começar a seguir os seus ensinamentos agora mesmo!

Quando os anus voltam ao ninho, é o macho quem chama a atenção da fêmea.

Anu macho
Será que está tudo bem com as crianças? Os ovos estão tão pequenos...

Os pica-paus estão apavorados diante do ninho vazio. As araras também estão discutindo, mas diante do ninho lotado de ovos.

Arara macho
Quando casamos você disse que queria ter filhos, mas não um time de futebol!

Arara fêmea
A quantidade não é o problema. Quero ver o que vamos fazer com o júnior ali... – retruca apontando para um enorme ovo de ema.

Todas as aves da floresta parecem confusas. Muitas estão desesperadas à procura de seus ovos. O Chopim assiste àquilo tudo desconsertado pelo mau exemplo que acabou dando ao macaco. Enfim, exclama:

Chopim
Preciso mudar de vida, afinal é sempre tempo de recomeçar. Está decidido: vou construir meu próprio ninho, e é pra já!

O macaco tenta se conter, mas cai na gargalhada. Então, todas as aves que estão à procura dos seus ovos percebem a armação de Chico e voam na direção dele, dispostas a tudo para dar o troco.

Anu macho
Macaco safado, vamos pegar você de jeito agora!

Chico arregala os olhos e sai correndo, ou melhor, pulando de galho em galho. Mas as aves são mais rápidas e o alcançam, dando bicadas fortes na cabeça e em todo o corpo do macaco.

Chico
Calma pessoal! Eu só tava tentando dar uma variada na vidinha de vocês. Mas se quiserem eu devolvo tudo pro lugar certo!

Beija-Flor
Tome isto, rapazinho! – responde, enquanto o bica sem piedade.

Já cansado de pular de galho em galho com mais de uma dezena de aves bicando-o, Chico avista a entrada da grande caverna que fica na saída da mata. O peralta não tem escolha: o único jeito de parar de apanhar é entrar ali, pois provavelmente as aves não terão coragem de segui-lo. Neste momento, a chuva fina para e um belíssimo arco-íris ocupa toda a entrada da caverna, compondo uma cena espetacular. Mas Chico nem consegue prestar atenção, está muito ocupado tentando se defender das bicadas.

Em um último esforço, pula das árvores e corre o mais rápido que consegue, entrando na caverna e mergulhando na escuridão. As aves tentam segui-lo até uma parte do percurso, mas acabam desistindo quando a luz desaparece de vez. Ao perceber que as aves desistiram, Chico para de correr. Exausto, sem forças para mais nada, deita-se em um canto e acaba dormindo ali mesmo.

Rama parece ter mudado de ideia sobre sua amiga Teresa. Fala baixinho sobre a girafa com uma ave azul e dourada que pousa ao seu lado.

Rama
É, às vezes, a Teresa realmente não diz coisa com coisa. É uma pena, porque ela é uma grande amiga.

Alheia à conversa de Rama com a ave, a girafa finalmente resolve falar sobre os baobás.

Teresa
Os baobás são árvores que vivem mais de mil anos. Com o passar do tempo, vão ficando ocas por dentro e, como são gigantescas, muitos animais e até seres humanos se abrigam no interior delas. Essas árvores também têm propriedades medicinais e, talvez por tudo isso, muita gente considera que são sagradas.

Neste momento, eles passam por uma região rica em baobás muito grandes, tão grandes que a girafa parece um animal pequenino perto deles.

Teresa
Segundo uma lenda muito antiga, quando um arco-íris se projeta sobre a entrada de um oco de baobá, abre-se um portal místico que pode levar para outros lugares.

Rama
Francamente, Teresa, você é uma girafa tão esclarecida! Acredita mesmo nessas coisas?

Teresa
Ora, Rama, tudo é possível. Sabemos muito pouco das coisas deste planeta e do Universo. Quem sou eu pra duvidar?

Rama
Melhor não discutir. Cada um que acredite no que quiser. E não é por isso que você vai deixar de ser minha grande amiga, não é? Teresa, vou descer por aqui. Já está entardecendo e quero achar um bom lugar pra dormir.

Teresa
Certo, Rama. Que os bons elementos da natureza protejam você. Tenha uma boa noite. A gente se vê qualquer hora dessas.

Rama segue um pouco pelo chão de terra batida. No caminho, encontra uns frutinhos no chão e começa a comê-los.

Rama
Hum, um lanchinho antes de dormir vem em boa hora!

De repente, ouve um barulho vindo do capim próximo e se assusta. Mas logo percebe que é uma família de javalis que passa por ali sem nem sequer o notar. Anda um pouco mais e dá de cara com o maior baobá que já viu em toda sua vida. Iluminado pelo pôr do sol, o baobá resplandece, destacando ainda mais o enorme buraco em seu tronco.

Rama

Depois de toda a conversa dessa tarde, acho que passar a noite aqui dentro vai ser mesmo uma experiência interessante. Nunca dormi num baobá!

Sem nenhuma cerimônia, Rama adentra no oco do baobá e se deslumbra com o enorme espaço ali dentro.

Rama

A Teresa nem precisa abaixar muito a cabeça, passa por aqui com facilidade.

Rapidamente acha um local mais escurinho, onde se deita e adormece. O que ele não vê é que, neste instante, um belíssimo arco-íris se forma do lado de fora, passando bem em cima do baobá.

Imaginem a situação: em meio à escuridão total, Rama abre os olhos e tenta se localizar, mesmo sem enxergar nada.

Rama

Hum, nada como uma noite bem-dormida... Puxa, foi tão bom dormir neste escurinho! Ainda mais com este barulhinho de água... Ué, está chovendo em plena época de seca? E que horas já devem ser? Perdi a noção do tempo, será que ainda é noite? Estou com uma fome... Vou sair assim mesmo e procurar o que comer!

Começa a andar no escuro, mas tropeça e machuca o pé.

Rama

Ei, quem deixou essa pedra dentro do baobá?

Apertando os olhos, consegue vislumbrar uma luz fraquinha bem ao longe.

Rama

Puxa, não tinha notado que esse baobá era tão grande!

Devagar, o macaco segue andando no chão de areia, com cuidado para não tropeçar em outra pedra até que vai se aproximando da luz, que, por ser muito forte, agora lhe dificulta abrir os olhos. Quando se acostuma com a claridade, tem uma visão de arregalar os olhos. Boquiaberto, observa, da entrada da enorme caverna, a mata e o cerrado, com araras, papagaios e tucanos passando por cima de sua cabeça num voo tranquilo. O barulho de água que ele ouve não é de chuva, mas de um rio que corre calmamente caverna adentro.

Enquanto isso, Chico ainda dorme, mas, agitado como é, fala mesmo assim.

Chico

Não, não quero gafanhoto agora não, muito obrigado.

De repente, ele acorda, assustado com um grande tremor.

Chico

Meu Deus, o que é isso? A caverna vai desmoronar! Tenho que sair logo!

Olha à sua volta para avaliar o espaço onde está.

Chico

Nossa, na correria de ontem nem percebi que havia entrado numa grutinha tão pequena.

Outro tremor grande.

Chico

Aaaaaaiiiii! O que é isso?

Desesperado, sai correndo e nem percebe que não está mais na caverna, mas no oco de um baobá. Logo dá de cara com a origem de tanto barulho: um elefante arrancando parte da casca da árvore. De queixo caído, sem entender o que está acontecendo, pula para fora do baobá. Ainda muito assustado, olha ao redor em busca de outra árvore para subir. Acha uma a uns trinta metros de distância e corre até ela, saltando sobre o tronco. Já no meio do caminho até a copa, percebe que a árvore é coberta de espinhos. Como não pode mais descer, começa a andar, mas todo desajeitado, porque os espinhos espetam suas patas e de quando em quando ele tem de levá-las à boca, gritando de dor. É obrigado a parar com as patas esticadas sobre os vãos onde não existem espinhos, numa posição bem estranha para um macaco numa árvore.

O Chopim, decidido a mudar de vida, está há horas tentando fazer um ninho: segura um pequeno ramo com o bico, outro com uma pata e um terceiro sob a asa, mas acaba deixando tudo cair antes mesmo de encaixá-los.

Chopim
Não vou desistir assim tão fácil... Mas como será que eles fazem?

Rama, agora mais relaxado, dá gargalhadas, pulando nas árvores, arrastando-se de costas nos troncos, abraçando os galhos.

Rama
Acácias sem espinhos! Devo estar mesmo sonhando... Há, há, há!

Olha para o lado e se delicia ao ver um rio de águas cristalinas. Mergulha e nada de costas, dando braçadas e cuspindo água para cima.

Rama
Que maravilha! Acho que vou chamar a Teresa pra cá também. Ela vai adorar falar com todas essas plantas. Olá, plantas! Como estão verdinhas hoje... Um espetáculo!

Decidido a chamar Teresa, entra de novo na caverna, mas tropeça nas pedras e para, ressabiado. Como nada acontece, experimenta sair e entrar de novo, agora de costas. Depois de um bom tempo lá dentro, volta à entrada da caverna, com os olhos arregalados.

Rama
E agora? Estou preso aqui pra sempre? Preciso pedir ajuda, mas pra quem?

Neste momento, duas cutias passam por ele apressadas. Como olham para o chão procurando alguma coisa, nem percebem a presença do macaco.

Taís
Tenho certeza de que está por aqui. Meu senso de localização é infalível!

Rama ouve aquilo feliz e aliviado, pois imagina que elas podem ajudá-lo.

Rama
Bom dia, minhas senhoras! Ou serão senhoritas? Desculpem, mas vocês poderiam me ajudar a encontrar algo?

Dulce
Está falando com as pessoas certas, meu amigo!

Taís
Encontrar coisas é nossa especialidade!

Rama tenta explicar como foi parar ali, mas as cutias se entreolham com ares de que estão achando que Rama é doido.

Taís
Tudo bem, meu caro. Acho que você precisa mesmo é falar com a dona Isaura, que é a pessoa mais sábia da região.

Dulce
Venha com a gente!

Dito isso, saem em disparada. Mesmo com dificuldade, Rama começa a seguir as cutias, feliz da vida, mas, algum tempo depois, vai percebendo que eles estão andando em círculos. Suas novas conhecidas não parecem lá muito bem localizadas, pois discutem com muita frequência.

Taís
Por aqui!

Dulce
Por ali!

Muito tempo depois, acham finalmente os rastros da anta.

Taís
Agora sim!

Dulce
Agora vai!

Rama se cansa, mas dá de ombros e continua a segui-las. Finalmente, chegam a um ponto na mata com a placa "Toca da Anta". As cutias comemoram.

Taís
Foi fácil, hein, meu rapaz?

Mas logo veem um recado abaixo da placa: "Fui dar minha volta matinal, volto já! Dona Isaura". Rama não vê problema em esperar, mas as cutias não se conformam.

Dulce
Nada disso, eu não estou aqui pra esperar!

Taís
Muito menos eu, não tolero esperar. Vamos seguir os rastros dela e achar a dona Isaura já!

Dito isso, saem mais uma vez em disparada e nem dão tempo para Rama pensar em segui-las. Desolado, ele suspira e fica um tempo parado. Dali a pouco, olha para o lado e dá de cara com um pequeno lagarto pardo sobre o tronco de um jacarandá. Ele fica encarando Rama.

Rama
Meu Deus, o que faço agora? Perdido em um lugar estranho com essas duas loucas... Devo ter esperanças?

O Lagarto balança a cabeça, fazendo um sinal afirmativo. Rama fica contente.

Rama
Peraí, por acaso você está tentando falar comigo?

O Lagarto balança a cabeça mais uma vez.

Rama
Hum, deixa eu ver se entendi. Não consegue falar mas entende o que digo. Vamos nos comunicar por sinais!

E o Lagarto volta a repetir o movimento.

Rama
Ótimo! Até que enfim encontrei alguém com quem posso me comunicar decentemente. O que você...

Mas o Lagarto interrompe a fala de Rama, repetindo o mesmo movimento com a cabeça.

Rama
O que você quer dizer agora? Não acha que deveria esperar minha pergunta para poder responder?

O Lagarto continua a fazer o mesmo movimento várias vezes. Depois fica parado. Rama se decepciona.

Rama
Devo mesmo estar ficando louco. Como achei que esse lagarto poderia estar se comunicando comigo? Deixa pra lá...

Cabisbaixo, afasta-se dali arrastando as patas. O Lagarto balança a cabeça, pensativo.

Lagarto
"O que será que aconteceu? Por que ele ficou assim, logo agora que o papo estava ficando tão bom? Que cara maluco..."

Sem saber bem para onde ir, Rama caminha na direção da saída da mata. Neste momento, percebe uma silhueta de ave se aproximando. À medida que ela chega mais perto, é possível ouvir seus barulhos nada discretos: "Grá, grá, grá, grá..."

É Cida, a arara, que logo pousa ao lado de Rama e o observa com atenção, torcendo o pescoço até dar quase uma volta completa com a cabeça, para um lado e para o outro.

Cida
E você, quem é?

Mas, antes que Rama comece a responder, ela o interrompe.

Cida
Ah, é claro, é o Chico. Ma-ca-co le-va-do, ma-ca-co sa-pe-ca, pensa que ninguém sabe o que andou aprontando? Pois eu sei, todos sabem. E não adianta fazer essa cara de bobo. Quando é que você vai tomar jeito, menino? Sua mãe não te deu educação, não? Responda, eu estou fazendo uma pergunta!

Rama
É que eu...

Cida
Ora, ora, não me venha com mais essa que eu conheço seu tipo! Não estou aqui pra ouvir suas desculpas esfarrapadas. De fato, não é nem caso de pedir desculpas. Muito menos pra mim. Você precisa

criar juízo e, pra isso, precisa ter força de vontade. Pra ser alguém melhor, entende? Mais útil e menos, sei lá, peludo...

Rama
Tá, mas...

De repente, sem mais nem menos, a voz da arara muda para um tom bem mais carinhoso.

Cida
É verdade, compreendo você. Devo ser a única pessoa em toda esta floresta, e talvez em todo o mundo, que entende você. Mais que isso, acredito em você. Sei que, no fundo, não tem culpa de ser tão arteiro. Tá bom, não precisa se humilhar, eu ACEITO sim suas desculpas. Pode deixar que vou ajudar: farei o que me pede. Vou conversar com todos para que perdoem você também e para que a gente recomece do zero. Que acha? Não, não precisa me agradecer. Não vai ser nada fácil ter de falar com todo mundo, mas você provou que merece essa chance.

E, antes que Rama possa fazer ou dizer algo, Cida, visivelmente emocionada, sai voando. Ainda dá para ouvi-la dizer ao longe:

Cida
Boa sorte pra você também, Chico! É sempre muito bom quando trocamos ideias.

Rama está quase em estado de choque, prestes a se desesperar, e já começa a fazer cara de choro quando é interrompido.

Perdiz
Pssst!

Olha em volta e nada vê.

Rama
Mas de onde vem esse som?

Perdiz

SSSSHHHHH! Silêncio! Por acaso você é louco?

A voz vem do chão e, abaixando-se, Rama consegue agora notar a perdiz rajada, que se camufla no capim quase seco. Devagar, chega o focinho bem perto dela e fala baixinho:

Rama

Tudo bem por aí?

A Perdiz nem olha para ele. Mantém-se imóvel e muito atenta a qualquer ruído ou movimento. Mexendo apenas os olhos, murmura quase sem mexer o bico.

Perdiz

Seu santo é forte, hein, meu filho? Por que não coloca logo uma melancia na cabeça pra que todos vejam você enquanto grita desesperadamente e dá cambalhotas?

Os dois ficam se olhando por alguns segundos em profundo silêncio. Um grilo pousa ao lado deles e faz um leve barulho, que é brutalmente interrompido pela ave.

Perdiz

SILÊNCIO! FORA DAQUI, SEU LOUCO! Se querem morrer, morram vocês, mas não me levem junto!

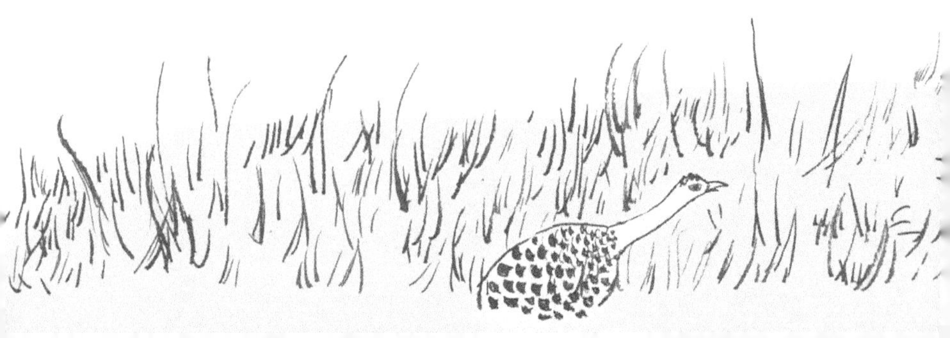

O Grilo e o macaco se entreolham com ar de espanto e incompreensão. A Perdiz, então, bicando o queixo de Rama e chacoalhando o Grilo pelas antenas, arregala os olhos e sussurra:

Perdiz

Prestem bem atenção: eles estão se aproximando. Vão chegar aqui a qualquer momento. Ao meu sinal, voem o mais alto que puderem.

O Grilo balança a cabeça concordando, Rama tenta dizer que não sabe voar, mas não tem tempo, pois ouvem-se vozes ao longe e a Perdiz voa em disparada, gritando:

Perdiz

Agoooooraaa! Fuuuuujaaam!

O susto dos dois é tão grande que, em vez de se mandarem, permanecem imóveis. Alguns instantes depois, o Grilo faz um barulhinho e salta para longe. Neste momento, Rama olha para o lado e avista as cutias, que já reclamam do seu atraso.

Taís

Ô, meu filho, quer ou não quer falar com dona Isaura?

Dulce

É, estamos esperando, mas paciência tem limite.

Rama está completamente desorientado, mas ainda assim tenta responder.

Rama
É que eu...

Taís e Dulce
Ótimo, vamos embora!

E saem mais uma vez em disparada. Rama segue as cutias correndo do jeito que pode. Depois de um tempo, chegam de volta à toca de dona Isaura, que tinha acabado de completar sua caminhada diária, sempre pela mesma trilha. Assim que avista dona Isaura, Rama salta sobre ela, agarrando-se em sua crina e implorando:

Rama
Pelo amor de Deus, seja lá que espécie de elefante a senhora for, me salve dessa floresta de malucos!

Chico finalmente aprende a se locomover entre os espinhos e agora consegue ficar em uma posição mais confortável na árvore. Olha para os lados, arregala os olhos e logo suspira aliviado.

Chico
Puxa, Romeu! Até que enfim encontrei alguém conhecido. Será que você pode me explicar o que está acontecendo por aqui?

Na verdade, Chico está ao lado de um leopardo deitado preguiçosamente em um galho, com as patas traseiras penduradas. Ele se limita a dirigir o olhar para o macaco e dar um grande bocejo.

Chico
Agora resolveu brincar de me ignorar, é?

O Leopardo se mantém imóvel.

Chico

É o seguinte, Romeu: chega de gracinhas! Estou num dia ruim e agora você vai aguentar as consequências desse seu senso de humor fora de hora.

Chico toma um galho e parte ameaçador na direção do Leopardo, que, então, se levanta e rosna furioso.

Leopardo

Olha aqui, macaquinho: acabei de almoçar, mas bem que posso resolver comer o senhor de sobremesa se não sumir da minha frente neste segundo.

Só agora Chico percebe seu engano e vai saindo de fininho, meio sem graça.

Chico

Puxa, acho que confundi o senhor com um grande amigo meu... Se quiser, posso catar umas frutinhas para sua sobremesa. De quais o senhor gosta mais?

Andando de costas pela árvore, Chico bate no pescoço de Teresa, tomando outro grande susto.

Teresa

E quem é você, meu filho?

Chico, que nunca havia sequer pensado em uma girafa, fica paralisado com o tamanho do animal a sua frente.

Teresa

Rama, é você? O que houve? Está com cores diferentes, mas sinto que a energia que emana de você continua muito parecida com a de antes.

Chico

Ei, meu nome é Chico! Nunca vi você nem ninguém por esse lugar. Só sei que dormi numa caverna e acordei no oco daquela árvore ali – e aponta para o enorme baobá.

Teresa fica séria e pensativa.

Teresa
Meu rapaz, vá por mim e faça o que vou dizer: feche os olhos, concentre-se num ponto imaginário no centro de sua cabeça, respire fundo doze vezes e explique, com calma, o que aconteceu.

Chico obedece. De olhos ainda fechados, fala do lugar de onde veio e explica tudo, desde sua conversa com mestre Élvis até a hora em que entrou na caverna fugindo das aves que o perseguiam.

Teresa
Então a lenda do portal místico pode ser verdadeira! Eu sabia! Ontem à tardinha, deixei Rama perto daquele baobá. Se ele dormiu lá, então é capaz de...

Chico
De quê?

Teresa
De que vocês tenham trocado de lugar... A lenda diz que o portal se abre apenas em situações muito específicas e se existirem elementos a serem transportados de um lado e do outro, simultaneamente... Venha, suba em minhas costas. Temos de arranjar um jeito de desfazer isso. Não sabemos quanto tempo temos para mandar você de volta. Mas primeiro precisamos confirmar se Rama está mesmo do outro lado.

Saem em disparada pela savana até encontrar um grande grupo de gnus e zebras, que cada vez aumenta mais com a chegada de grupos menores vindos de vários lados. Teresa deixa Chico em um pequeno monte de terra.

Teresa
Fique aqui e não se meta em encrencas enquanto procuro notícias de Rama.

Chico fica parado no monte de terra, apenas observando os gnus e as zebras em volta.

Chico

Rapaz, como tem bicho por aqui...

De repente, ouve vozes por perto. É uma zebra que discute com dois gnus.

Clauzi

E como se não faltasse mais nada, vocês ainda inventaram essa mania ridícula de fingir que não entendem o que os outros falam...

Ndogo

Que mania que nada! Não tenho culpa se os gnus são mais cultos que as zebras e falam tantos dialetos.

Lumumba

É isso aí. Para nós, uma pequena variação de pronúncia pode ser fundamental para entender o que queremos expressar.

Neste momento, outro gnu passa ao lado.

Gnu

Nuuuuuuuu!

Clauzi

E então, o que esse magnífico poliglota falou de diferente agora?

Ndogo e Lumumba se entreolham pensativos.

Ndogo

Não tenho certeza. Pelo sotaque me parece um gnu vindo do Sul.

Lumumba

Se for, ele pode ter dito "bom dia". Mas, se for do Norte, pode ter pedido "licença". Pior se estiver vindo do Oeste, porque aí deve ter mesmo é dito um palavrão para o nosso amigo listrado aqui.

Clauzi

Absurdo... Como nunca vão conseguir ser inteligentes como as zebras, ficam inventando histórias...

Chico não se contém e solta uma gargalhada que chama a atenção dos três.

Clauzi
E você, macaco esquisito, está rindo de quê?

Ndogo
Nisso tenho que concordar com você. Nunca vi macaco tão esquisito!

Chico
É que eu nunca tinha visto um bicho de pijama tão nervoso antes.

Lumumba
Já estou simpatizando com esse macaco. Ele não é tão esquisito assim.

Ndogo
É, me parece um sujeito sensato.

Clauzi
Escuta aqui, ô esquisito, fica na sua que a conversa não chegou aí no...

Chico
No Brasil?

Clauzi
Sei lá que lugar é esse, mas pode ser lá mesmo.

Lumumba
Você se acha inteligente, mas nem conhece o Brasil. Ô ignorante, nunca ouviu falar em Buenos Aires? Em tango?

Chico
Peraí, esse aí é outro lugar. E pode parar de dançar...

Ndogo
Chega de discussões irrelevantes! Então, macaco, quem é você afinal?

Chico
Eu me chamo Chico. Digamos que estou de passagem apenas. Por ora, tenho que ficar aqui esperando uma girafa que ficou de me ajudar. E, dessa vez, vou me comportar de modo exemplar.

Neste exato momento, surge um gnu aflito.

Gnu

Pessoal, vocês precisam ver o que aconteceu! Um filhote de rinoceronte-negro desapareceu e os pais estão desesperados.

Lumumba

Vamos lá ver o que houve!

Clauzi

Eu vou também. Vão precisar de alguém pra liderar as buscas.

Ndogo

E você, macaco, vem ou não vem?

Chico

Claro, não posso perder essa! – e rapidamente salta nas costas de Lumumba.

Os quatro logo chegam a um ajuntamento de gnus e zebras. Pedem licença, passando espremidos por entre os adultos, até chegarem a um rinoceronte fêmea, deitada no chão, e um rinoceronte macho, de pé ao lado dela.

Rinoceronte fêmea

Meu Deus, como isso pode ter acontecido?! Onde estará nosso pequeno Frank?

Rinoceronte macho

Calma, querida. Tudo vai se resolver...

Rinoceronte fêmea

Como posso ficar calma?! Foi por conta dessa calma dos seus parentes que só restamos nós três! E agora, meu Deus, somos apenas dois... É o fim, vamos entrar na galeria dos animais extintos!

Ndogo

Gente, alguém pode nos contar o que aconteceu?

Rinoceronte fêmea

Aconteceu que pequeninos como vocês nunca deveriam sair de perto de suas mamães! Cuidado você também ou então os gnus serão os próximos na lista da extinção.

Clauzi

Peraí, dona, isso aí vai ser meio impossível. Tem gnu pra caramba no mundo. Aliás, tem mais do que precisaria...

Todos os gnus olham para Clauzi, furiosos.

Gnus

Nuuuuuuuuu!

Lumumba

Quer que traduza, Clauzi?

Clauzi

Não, obrigado, já deu pra entender...

Chico

Essa até eu entendi!

Um gnu adulto próximo a eles explica o motivo da confusão.

Gnu

Parece que caçadores cercaram os três e, na confusão, o filhote desapareceu. Ninguém sabe se foi capturado ou se conseguiu escapar e está perdido.

Chico

E por que caçariam esses bichos? Eles me parecem tão duros, a carne deve ser horrível...

Ndogo

Não caçam para comer. Matam apenas para retirar os chifres.

Chico

E pra que eles querem os chifres dos rinocerontes?

Lumumba

Ah, você não sabe? Isso é delírio desse bando de...

Clauzi

Lumumba!

Lumumba

Já mataram quase todos os rinocerontes, só porque acham que o pó dos chifres tem poderes mágicos. Porque só mágica mesmo para resolver os problemas desses...

Ndogo

Lumumba!

Lumumba

Quero saber como vão ficar depois de o último rinoceronte ser morto. Aí vão ter que apelar pra outra maluquice. Mas apelar mesmo, vão ter que fazer é reza brava pra...

Ndogo e Clauzi

LUMUMBA! JÁ CHEGA!

Chico

Eu não entendi nada, mas o gnu aí ficou mesmo muito nervoso. De qualquer maneira, isso não é coisa que se faça com os pobrezinhos dos animais...

Ndogo

Precisamos fazer alguma coisa!

Chico

Onde o filhote foi visto pela última vez?

Gnu

Na cratera adormecida, mas nem pensem em ir lá. Já basta um filhote perdido.

Lumumba

É claro, é só pra saber. De repente, avisamos a alguém que possa fazer algo.

Ndogo
É, é isso.

Os quatro trocam olhares. Neste instante, um gemido altíssimo assusta a todos.

Rinoceronte fêmea
Aaiaaaaaai, meu Deus, alguém faça alguma coisa!

Os quatro se entreolham mais uma vez e esboçam um sorriso de cumplicidade. Decidem sair logo dali.

Rinoceronte macho
Calma, querida. Tudo vai se resolver...

Já mais calmo, sentado em um galho de uma enorme sucupira, Rama toma um pouco de chá, enquanto dona Isaura conversa em separado com Lia, Jéssica, Arthur, Taís, Dulce e Bela.

Lia
Mas como pode ter sido isso? E o Chico, onde estará?

Jéssica
Já vai tarde. Mas esse aí também não me parece flor que se cheire.

Arthur
A senhora acredita na história de que esse macaco veio da África?

Dona Isaura
Calma, meninos. A história que ele contou parece mesmo muito estranha, mas o fato é que Rama não é mesmo daqui e conhece muito sobre a África para ser apenas brincadeira. Chamei vocês aqui porque quero que o acompanhem até o velho Élvis. Romeu me disse que Chico conversou com ele antes de desaparecer e que ele pode nos dar alguma pista de como resolver este mistério.

Taís e Dulce
Podemos ir também? Encontrar coisas é nossa especialidade!

Os quatro alunos se entreolham.

Dona Isaura
Não será preciso, minhas pequenas heroínas. Vocês serão muito úteis por aqui. Ajudem-me a encontrar meus óculos escuros que desapareceram desde a semana passada.

Taís e Dulce
É pra já! – e saem em seguida.

Taís
Aposto uma noz que acho primeiro que você!

Dulce
Aposto que você não é capaz de achar a noz que enterramos hoje de manhã!

Voltando-se ao grupo, dona Isaura pede a Rama que se aproxime.

Dona Isaura
Venha, Rama, estes são Lia, Arthur, Bela e Jéssica. Eles vão ajudar a encontrar o velho Élvis, como eu falei para você.

Todos sorriem simpáticos, exceto Jéssica.

Rama
Mas aquela ali está meio podre, não? Credo! Melhor ela ficar e tomar um banho – diz, tapando o nariz com a pata.

Jéssica
Como é que é? Seu abusado, venha só ver o que é cheiro gostoso!

Arthur
Nada disso, Jéssica! Calma aí que vai acabar sobrando pra nós. Você se lembra do pobre do Leopoldo? Deve estar rolando no chão até agora, desesperado com seu cheiro.

Jéssica

Bem feito pra aquele moleque malcriado – e, dirigindo-se a Rama, já com a cauda abaixada – Mas veja se se comporta, ô mané!

A esta altura, Rama já está bem no alto da árvore, olhando ressabiado para os novos amigos.

Lá vão caminhando pelo cerrado, Rama montado em Arthur, com Lia na sua cabeça. Mais atrás, Jéssica, visivelmente triste, conversa com Bela.

Jéssica

Puxa, tem certos sujeitos que sabem mesmo magoar uma menina...

Bela

Não fique assim, Jéssica. Eles não dizem isso por mal. Talvez falem essas coisas e tentem irritar por estarem interessados em você. Minha mãe me dizia que isso é um comportamento comum dos meninos.

Jéssica

Será? Hum, esse macaco até que não é dos mais feios...

Ao longe, ouvem uma bela melodia.

Lia

Nossa, é dona Seriema! Vamos ouvir lá de perto?

Todos correm e juntam-se a outros bichos que assistem à Seriema e a um grupo de capivaras cantarem ao som de uma bela viola caipira.

Enquanto ouvem a música, Jéssica chega bem perto de Rama com olhar apaixonado.

Jéssica

Que bela música, hein?

Rama balança a cabeça, concordando, embora com ar muito desconfiado. Bela e Arthur riem da situação. Num galho da árvore ao lado, um tiziu salta, dá cambalhotas no ar e cai no mesmo lugar. Depois da terceira pirueta, fala com Lia.

Tiziu
Está impressionada, gracinha? Você não viu nada ainda – e continua pulando.

Lia
Está falando comigo? Não acredito...

Tiziu
Hum, se fazendo de difícil... Adoro garotas assim. Quanto mais difíceis, melhor! – e pula ainda mais alto, dando piruetas cada vez mais arrojadas.

Bela
Arranjou companhia, Lia? – pergunta, irônica.

Aí é que o Tiziu não para mais de pular, com expressão de satisfeito pelo seu desempenho.

Lia
Como se eu estivesse à procura de um malabarista ou de uma pulga maluca... Ainda se fosse só esse, mas é uma legião deles... – e aponta para o campo repleto de tizius machos saltitando em diversos arbustos.

Todos riem a valer.

Tiziu
Essa aí já está no papo! – e pula cada vez mais alto.

Em um galho mais baixo, três tizius fêmeas conversam.

Tiziu fêmea 1
Nossa, como ela pode dispensar esse gato?

Tiziu fêmea 2

É, não se acha um partidão desses todos os dias.

Tiziu fêmea 3

Acho que não... – diz, confusa, enquanto olha os tizius pularem para todos os lados.

Arthur

Vamos seguir e achar um lugar para passar a noite. Já está escurecendo.

Voltando a caminhar, Jéssica lança olhares apaixonados para Rama, que se agarra ainda mais na crina de Arthur.

Ao longe ainda se ouve outra música cantada pelo conjunto, agora com uma batucada ao fundo. Rama gosta da música e bate palmas, marcando o ritmo.

Rama

A música eu não conheço, mas a batida é bem conhecida minha!

Os quatro caminham mais um pouco e se aproximam da grande caverna.

Rama

Que tal dormir lá dentro? Foi onde eu apareci depois de entrar no baobá.

Bela

Melhor não fazer isso. A gente pode se perder no escuro. E se tiver animais maiores ali? Eles podem nos atacar.

Jéssica

Você teve coragem de entrar lá? Nossa, como você é destemido!

Arthur

Pessoal, conheço um lugar seguro bem perto daqui. Venham!

Na árvore ao lado, o Chopim tenta fazer outro ninho, agora de barro, ao lado do ninho do João-de-Barro. Mas, como o ninho do Chopim parece um vaso de cerâmica, o pedreiro dos pássaros balança a cabeça de um lado para o outro.

Chopim
Não está bom? – sorri sem jeito.

Todos se deitam no capim alto, e Jéssica conversa baixinho com Bela.

Jéssica
Sei não, Bela, o Rama me parece tão distante... Será que ele gosta mesmo de mim?

Bela
Calma, Jéssica, ele está preocupado, longe de casa. Depois de falar com o mestre Élvis, ele com certeza vai ficar mais tranquilo.

Jéssica
Espero que você tenha razão. Acho realmente que nascemos um para o outro...

Finalmente, todos dormem à luz das estrelas. De repente ouve-se Rama, falando de olhos fechados:

Rama
Hum, barulhinho de pipoca e cheirinho de churrasco.

Ao ouvir aquilo, Arthur se levanta assustado e já gritando.

Arthur
Fogo, pessoal! Fiquem juntos!

Sem esperar outro aviso, Rama sobe bem alto numa árvore próxima e vê que o incêndio é de grandes proporções. O fogo se aproxima rapidamente por todos os lados. Bela se agarra em Arthur.

Bela
Estou com medo, Arthur!

Arthur
Lia, Rama, tentem sair por cima do fogo e vejam se encontram ajuda.

Lia
Vamos, Rama!

Lia voa e Rama pula de uma árvore para outra com muita habilidade. Conseguem passar por cima do fogo e veem animais e pessoas correndo do incêndio.

Um aglomerado de animais está em volta de uma rede de TV que acompanha o incidente. A repórter é uma gralha bastante dramática e o câmera, uma jaguatirica chamada Flávio.

Gralha
Cenas lamentáveis, senhores telespectadores. O resto de cerrado que ainda persistia na região está sendo totalmente dizimado pelas chamas. Animais correm desesperados, um verdadeiro holocausto.

Enquanto a Gralha fala, são apresentadas imagens do local, inclusive fotos aéreas que mostram o fragmento de cerrado cercado por plantações gigantescas, pelo rio e pela caverna.

Gralha
Continuamos aqui, ao vivo, transmitindo em primeira mão cada instante desta tragédia. Vamos conversar com esta mãe quati que, desesperada, procura notícias do filho.

Mãe Quati
Leopoldo, meu filho, onde está você?

A Gralha segura o microfone para a Quati falar, mas parece não prestar atenção ao que ela diz, pois olha para outro lado, conversa com outra pessoa e sorri. Depois volta a se dirigir para a câmera com expressão consternada.

Gralha
Cenas tocantes, e com exclusividade do nosso canal, o único a trans-

mitir ao vivo o que talvez seja a maior tragédia desta mata. Não saia daí, vamos aos comerciais e voltamos já.

A Jaguatirica baixa a câmera, e a Gralha, entusiasmada, o abraça.

Gralha
Excelente, Flávio! Vamos ganhar vários prêmios e muita audiência com essa cobertura! O povo adora ver desastres pela TV! Venha, vamos entrevistar mais vítimas da tragédia!

Flávio faz cara de pouca animação, pois parece preocupado com os bichos envolvidos no incêndio. Neste momento, Lia e Rama chegam, esbaforidos.

Lia
Pessoal, depressa, tem uma tamanduá, um lobo-guará e uma cangambá presos no meio do fogo!

Rama
Eles não têm muito tempo pra sair de lá. Precisamos de ajuda!

A Gralha vem correndo.

Gralha
Liga a câmera, Flávio!... Muito bem, estamos de volta com um caso inacreditável. Parece que ainda existem animais presos no fogo e correndo perigo de virar churrasquinho. Vamos acompanhar os depoimentos!

Dizendo isso, enfia o microfone na cara de Rama, que reage:

Rama
Escuta aqui, moça, se não vai ajudar meus amigos, então desapareça daqui com seu microfone!

Sem se abalar com o desaforo de Rama, a Gralha volta com o microfone para a Mãe Quati.

Gralha
Estamos de volta com a pobre mãe desesperada. Parece que seu filho está preso no incêndio...

Mãe Quati
O quê? Vocês têm alguma notícia do Leopoldo?

Percebendo que não vão conseguir ajuda daquele jeito, Lia voa alto para ter uma visão panorâmica do incêndio. Volta em seguida e grita para Rama:

Lia
Rama, tem um pequeno trecho que ainda não foi tomado pelo fogo e pode ser uma passagem, mas eles não vão conseguir achar sozinhos. Vou até lá guiar nossos amigos!

Rama
Espere por mim!

Lia
Não, fique aqui. Você não voa. Pode ser muito perigoso.

Lia sai voando e volta ao local onde seus amigos estão. Pousa em Arthur e explica a situação, pedindo que a sigam, pois ainda têm uma chance de sair de lá.

Arthur
Vamos! Todos juntos!

Arthur começa a correr, seguido de Jéssica e Bela. Passam por diversos focos de incêndio, com Arthur sempre se guiando por Lia, que voa sobre eles, apontando o caminho. Quando estão quase saindo da mata, Bela ouve um barulho e vê Leopoldo escondido numa moita. Não tem dúvida e vai ajudá-lo. Enquanto isso, os demais conseguem sair do incêndio, no exato momento em que se fecha uma linha de fogo, impedindo a passagem de Bela e do quati.

Gralha
Incrível, senhores telespectadores, nossos corajosos amigos conseguem escapar do fogo. Mas, esperem, nem todos conseguiram sair. E agora? Será que sobreviverão às chamas?

Arthur
Bela não conseguiu passar...

Jéssica
O que vamos fazer? Não podemos deixar Bela!

A tamanduá agora corre desesperadamente com Leopoldo em seu dorso, fugindo do fogo, mas visivelmente desorientada. Uma fagulha cai na cauda dela, que começa a queimar.

Leopoldo
Bela, você está pegando fogo!

Do lado de fora do incêndio, os animais pensam em maneiras de salvar seus amigos.

Lia
O pior é que Bela vai se apavorar com o fogo e não vai conseguir me seguir, até porque ela também não enxerga muito bem.

Rama
Lia, tive uma ideia! Você vai à frente mostrando o caminho e eu vou guiar os dois.

Lia
Como vai fazer isso?

Rama
Sou experiente em montaria! Se eu consigo dirigir um gnu, que dirá a Bela!

Jéssica

Ótimo, meu querido, meu herói! Mas como vai chegar lá dentro sem se queimar?

Romeu

Deixa comigo – diz a onça aparecendo de repente.

Arthur

Romeu! Na hora certa!

Rama sobe nas costas de Romeu, que dá um salto fenomenal, pulando para uma árvore deitada e depois para outra mais alta. Desse modo, consegue ultrapassar a linha de fogo.

Romeu

Agora é com você, meu chapa!

Lia segue voando e Rama vai atrás pulando de galho em galho. De repente, um galho quebra e ele cai perto do fogo, mas consegue se recuperar e subir na árvore novamente. Continua saltando de galho em galho até alcançar Bela. Pula em cima dela já batendo com folhas verdes em sua cauda, para apagar o fogo.

Rama

Dá licença, meu amiguinho – e afasta Leopoldo um pouco para trás enquanto assume o lugar de jóquei. – Tem uma saída, Bela, mas você tem que manter a calma e deixar que eu a guie!

Bela

Certo, Rama, vou tentar... Segure firme, Leopoldo!

Agarrado ao pescoço de Bela, Rama a controla fazendo-a mudar de direção diversas vezes conforme os sinais de Lia, evitando que eles se queimem. Em pouco tempo, conseguem passar para uma área em que o fogo já se apagou e que está coberta de cinzas. Os outros bichos vêm se juntar a eles em festa.

Gralha
Sensacional, amigos telespectadores! Cenas exclusivas do salvamento que entrará para a história desta mata. Vejam só o abraço emocionado de mãe e filho. Que tocante! Vamos agora falar em primeira mão com nossos heróis...

Jéssica
Agora chega! Deixa comigo...

Diante dos bichos indignados com a Gralha, Jéssica fica de costas para ela, levanta a cauda, bate as patas da frente duas vezes no chão e espirra um líquido muitíssimo fedorento na cara da repórter, que cai enlouquecida, rolando no chão desesperada.

Arthur
Puxa, Jéssica, nunca pensei que ficaria feliz em sentir seu cheirinho.

Rama
Eu também, mas vamos sair daqui que a coisa está ficando insuportável.

Romeu
Ainda bem que alguém fez algo. Eu estava a ponto de comer aquela gralha para que ela fechasse a matraca.

Flávio
Eu é que não aguentava mais isso. Iria acabar comendo essa gralha, mesmo que perdesse o emprego e tivesse uma indigestão.

Todos riem e saem dali. A Gralha, ainda zonza, se levanta trôpega já olhando para a câmera, com o microfone em punho.

Gralha
Não percam! Nossa programação continua após os comerciais. A seguir, mais histórias emocionantes. A ema que perdeu os ovos; o desabamento de uma árvore destrói a casa do João-de-Barro; chuva alaga buraco de tatu e deixa família desabrigada... Voltamos já com nossa programação normal!

Enquanto isso, de volta ao monte de terra na manada dos gnus, Teresa não encontra Chico, mas apenas um bilhete rabiscado em um tronco seco: "Aguenta aí que volto já!".

Teresa
Não sei por que achei que ele fosse ficar aqui me esperando...

Clauzi, Ndogo, Lumumba e Chico agora caminham com pressa rumo a uma montanha que era uma enorme cratera de um vulcão extinto. Chico segue montado em Lumumba.

Ndogo
Por onde começaremos?

Chico
Que tal perguntar a alguém? – e, olhando em volta, repara numa família de híraces parada sobre algumas rochas.

Clauzi
Boa ideia, mas pra quem?

Chico
Ora, que tal aqueles ratões ali?

Lumumba
Onde? Não estou vendo ninguém por aqui!

Clauzi
Ele deve estar falando daqueles híraces – sussurra.

Ndogo
Ah, sim. É o seguinte, Chico, você não deveria ter visto, eles estão disfarçados nas rochas.

Chico faz cara de quem não entendeu nada.

Clauzi
É que eles são criaturas tímidas e sensíveis, e acham que estão bem escondidos nas rochas. Se perceberem que foram facilmente descobertos, ficarão arrasados.

Ndogo
É, ao menos finja que foi difícil encontrá-los.

Chico fica meio confuso e inconformado, mas obedece. Enquanto Lumumba, Clauzi e Ndogo permanecem mais afastados, Chico desce e vai até as rochas, parando ao lado dos híraces, ainda imóveis. Respira fundo e começa a falar sozinho, de modo dramático.

Chico
Ó, Senhor, e agora? O que farei? Como descobrir o paradeiro do pequeno Frank? Se ao menos alguém por aqui pudesse me dar alguma informação... – e fica olhando para cima, como se esperasse resposta do céu.

A família de híraces permanece imóvel a poucos centímetros de Chico, mexendo apenas os olhos. Diante do incentivo de Ndogo e Clauzi, que balançam a cabeça mostrando aprovação, Chico continua:

Chico
É incrível a sensação de solidão, de não ter nenhuma criatura viva por perto a quem eu possa recorrer. Mas o pobre rinoceronte deve estar em perigo e sua mãe não resistirá se tiver que esperar por muito mais tempo. Estou de-ses-pe-ra-do... – e começa a fingir que chora.

Então, a mãe hírace resolve consolá-lo.

Hírace mãe
Ô, meu filho, não fique assim, vamos ajudar você.

Chico
Nossa, que susto! De onde você apareceu, criatura?

Hírace pai
Disfarces perfeitos estes nossos, hein?

Chico
Puxa, é verdade...

Hírace pai
Podem sair dos seus esconderijos, crianças!

E os filhotes, ainda parados a um metro, finalmente começam a se mexer.

Hírace filhote 1
Ainda bem, eu já estava exausto.

Hírace mãe
Então, você estava falando de um rinoceronte desaparecido.

Chico
É isso mesmo. Eu e meus amigos estamos à procura de um filhote de rinoceronte desaparecido – e aponta para os dois gnus e a zebra, que acenam de um arbusto e se aproximam.

Hírace pai
Puxa, nada mal os disfarces dos seus amigos também. Eu nem tinha percebido que estavam ali.

Hírace filhote 2
Vixe, mãe, esse rinoceronte deve ser aquele que estava no caixote daquele caminhão que passou agora há pouco.

Hírace mãe
Isso mesmo, meu filho. Coitado...

Chico
E pra onde foram?

Hírace mãe
Deram meia-volta e foram na direção do vale dos baobás.

Lumumba
Mas então estão lá por perto da manada!

Ndogo
Vamos voltar pra lá!

Nem bem Ndogo acaba de falar, saem em disparada. Chico, montado em Lumumba, ainda se vira e grita aos híraces:

Chico
Obrigado pela ajuda! E parabéns pelos disfarces, vocês são mesmo ótimos!

Hírace mãe
Boa sorte para vocês! Nossa, como são corajosos!

Hírace pai
Não se preocupe, querida. Vai dar tudo certo. Eles sabem se disfarçar muito bem.

Bem ao lado da rocha onde estão os híraces, é possível agora ver oito saliências arredondadas em meio ao capim seco. São a ponta das orelhas de uma família de guepardos que estivera ali durante todo o tempo, imóvel e imperceptível. Quando eles finalmente saem do esconderijo e começam a andar, a mãe se vira para os três filhotes e diz:

Guepardo mãe
Vamos, crianças. Temos muito o que aprender ainda na arte da camuflagem se quisermos ser como eles.

Os quatro agora correm estrada afora.

Ndogo
Precisamos ter uma estratégia. O que vamos fazer quando encontrarmos eles?

Lumumba

Vamos enfrentar todos com nossa coragem!

Clauzi

Genial! Só podia ter vindo de um gnu...

Chico

Pessoal, acho que não vão mais precisar discutir. Vejam ali na frente...

Uma caminhonete está parada à sombra de um enorme baobá. Há um grande caixote na carroceria e três homens cozinham em um acampamento improvisado.

Ndogo

E agora? – diz, virando-se para Clauzi.

Clauzi

Ah, reconheceu que precisa da minha orientação, né?

Lumumba

Se ao menos fôssemos mais ágeis, fortes e imponentes, eles veriam só...

Ndogo faz uma cara de quem teve uma ideia genial.

Ndogo

Graaande Lumumba, você é um gênio! Venham cá e escutem só.

Fazem uma pequena roda e Ndogo cochicha algo, apontando para cada um deles e para diversos lados. Confiantes, os quatro juntam suas patas umas sobre as outras, em sinal de pacto.

Pouco tempo depois, esse cumprimento se repetiria, agora envolvendo as patas de um elefante, um rinoceronte, um búfalo, um leão e um leopardo. Esses animais, conhecidos como "os cinco grandes", são os mais procurados pelos turistas que visitam a África em safáris fotográficos. A ideia de Ndogo foi convocá-los para salvar o rinoceronte. Os cinco grandes avançam em fila na direção dos homens, que gritam:

Homem 1

Fujam ou morreremos!

Homem 2

Não acredito, os *big five* numa mesma foto! Ninguém vai acreditar! Estou rico! – e tira diversas fotos, até que o Leopardo arremessa a câmera longe com uma patada.

O Leão ruge para um deles enquanto o Búfalo destrói o acampamento. O Elefante vira o caminhão com as rodas para cima e o Rinoceronte abre a caixa libertando o pequeno filhote, que grita alegre:

Frank

Papai, você me salvou!

Neste momento, os homens correm desesperadamente na direção contrária a uma enorme manada de gnus e zebras que se aproxima. O rinoceronte fêmea já chega ao local, encostando carinhosamente a cabeça na do filhote.

Rinoceronte macho

Eu não disse que tudo ia dar certo, querida?

Clauzi

Genial a ideia de convocar os cinco grandes, Ndogo!

Ndogo

Olha aí, reconhece agora que gnus são geniais!

Chico, animado, olha para o lado e reconhece o baobá de onde saiu.

Chico

Caramba, a árvore gigante de onde eu vim!

Os novos amigos ficam apreensivos.

Lumumba

Mas você vai mesmo voltar?

Clauzi

Talvez seja melhor que vá. Aqui ele corre muito risco. Aliás, nós todos corremos, pois estamos atrasados na migração e a água já está no fim.

Quando olham para o lado, veem Chico correndo na direção do baobá e desaparecendo no interior da árvore. Espantados, observam o arco-íris que se forma atrás da grande árvore.

Lumumba

Espere, Chico, vou com você!

Lumumba corre para o baobá e desaparece também. Logo começa a brotar água de dentro do baobá. O Búfalo vê aquilo e, com muita sede, entra também na árvore. Ao perceber a água, a manada de gnus se empolga e corre na mesma direção, seguida pelos outros animais. Sem entender direito o que está acontecendo, Clauzi tenta impedir que os animais sigam. Acena e pede calma a todos.

Clauzi

Esperem, assim vocês vão acabar derrubando o baobá!

Do outro lado, na boca da caverna, os animais ainda estão reunidos em volta de Bela, Leopoldo e sua mãe. Dona Isaura também está lá. Jéssica vê Chico saindo da boca da caverna e exclama:

Jéssica

Olha, gente, é o Chico!

Todos correm para falar com o macaco-prego. De repente, seu olhar cruza com o de Rama e eles ficam frente a frente.

Chico

Você deve ser o...

Rama

Ai, ai, ai...

Chico

O que foi? Tá doendo alguma coisa?

Rama aponta para a caverna e sai imediatamente correndo, na tentativa de conter a enorme manada de gnus, zebras, búfalos, antílopes, hipopótamos, girafas, babuínos e elefantes que estão saindo da caverna. Vendo aquilo, Chico vai atrás para ajudá-lo.

Rama e Chico

Voltem, voltem... – gritam agitando os braços.

Do outro lado, um rio deságua do oco do baobá e vários animais bebem tranquilamente. A confusão é geral. Os animais brasileiros estão admirados com os africanos, que não param de sair da caverna. Várias espécies parecidas se encontram e se analisam curiosas: Romeu e o Leopardo, Flávio e o Cerval, as cutias Taís e Dulce e a família de híraces, dona Isaura e o Hipopótamo-Pigmeu, o Bugio e o Babuíno, Arthur e a Hiena, Bela e o Aardvark, Lia e uma ave africana colorida, a Ema e o Avestruz, o Lagarto brasileiro e o Lagarto africano, o Veado e o Impala, dona Seriema e uma ave africana bem parecida, Zé e o Pangolim, o Cachorro-do-Mato e o Chacal, o Queixada e o Javali, e tantos outros. De fato, os bichos dos dois lados têm muitas semelhanças no jeito e na forma.

Rama e Chico se olham e riem nervosos, enquanto correm na direção da caverna até desaparecerem no interior dela.

Depois de algum tempo, faz-se um silêncio profundo. No escuro, pode-se ouvir apenas o barulho do vento, que passa forte por entre as fendas nas rochas, balançando galhos e folhas lá fora. Rama grita para Chico:

Rama

Chico, você está aí?

Como não ouve resposta, resolve sair na direção da luz, apesar de sentir o frio que vem lá de fora.

Rama

Anda, Chico! Temos muita coisa pra resolver, a começar por desfazer toda essa confu... ESSA NÃO!

Rama não consegue terminar a frase quando vê que está no alto de uma cadeia de montanhas, em meio a ruínas de uma cidade de pedras há muito abandonada. Que lugar seria esse? Nem acaba de pensar quando dá de cara com uma lhama, que o observa bastante atenta, enquanto parece mascar alguma coisa. Tentando colocar as ideias em ordem, aproxima-se lentamente do animal.

Rama

Olá, amiguinha, pode me dizer que tipo de lugar é esse? – e sorri, tentando ser simpático.

A Lhama continua mastigando e baixa bem as orelhas para trás. Rama até acha aquilo bonitinho. Chega mais perto, mas não tem tempo de dizer nada: leva uma bruta cusparada do bicho, que logo sai galopando.

Rama

"Que nojo!", limita-se a pensar.

Neste momento, muito longe dali, Chico está deitado, enrolado no pelo de um urso panda que mastiga um pedaço de bambu. O macaco parece conformado com a situação, mas não exatamente feliz.

Chico

Fazer o quê? Ao menos está quentinho por aqui. Só quero saber até quando vou aguentar comer só bambu nesse lugar... – e tenta mascar mais um pedaço.

Na Savana africana, uma ave solitária voa em círculos cada vez mais baixos, até pousar em uma acácia, bem perto da cabeça de uma girafa que come folhas calmamente. É o velho Élvis, que olha com um sorriso malandro para Teresa. Ela, por sua vez, continua mastigando com a calma de sempre. Os dois deixam escapar apenas duas frases:

Teresa

Esse mundo tem cada coisa que nem sei. Quem sou eu pra duvidar?

Élvis

É, cumadre, e não é que sumcê tem razão?

Dizendo isso, Élvis alça voo.

Voe com ele e veja a savana cada vez mais do alto. Dizem que, dependendo do dia, se subirmos mais e mais, é possível ver pequenas luzes de cores diferentes, piscando alternadamente. Elas indicam os diversos portais místicos que unem os lugares mais fascinantes do nosso planeta. Você duvida?

ARQUIVO DO AUTOR

Sobre o autor

Quando era criança, reli várias vezes um livro chamado *Aventuras do moleque Jabuti*, escrito por Orígenes Lessa. É uma história de um jabuti travesso que se envolvia em diversas confusões ao tentar comandar os bichos da mata usando poderes mágicos roubados. Era um livro muito engraçado e somente anos depois me dei conta que foi um dos poucos que li no qual os personagens principais eram bichos brasileiros. Até hoje nossos animais aparecem pouco nos livros infantis e, por isso, tive vontade de contar uma história bem engraçada e cheia de aventuras com os nossos bichos do Cerrado. Com os personagens da Savana africana, quis mostrar as semelhanças e as diferenças entre esses dois lugares fantásticos. Espero que você também queira reler este livro várias vezes!

Sou também autor de *Vivendo no Cerrado e aprendendo com ele* e *Outros 500*, livros publicados pela editora Saraiva e que divulgam as belezas da Savana brasileira.

ARQUIVO DA ILUSTRADORA

Sobre a ilustradora

Meu nome é Adriana Bento, sou artista plástica e professora, desde pequena apaixonada por livros e por desenho. Durante a faculdade, senti ainda mais vontade de unir essas duas paixões e comecei a fazer meus próprios livros usando aquarela ou gravura. Para mim, cada livro é um universo cheio de detalhes interessantes. *Savanas* é o primeiro infantojuvenil que ilustro.

COLEÇÃO JABUTI

Ases & 1 Curinga
deus, escola ▼◆🗐☒
vinhador, O
azônia
jos do mar
rendendo a viver ◆⌘■
ui dentro há um longe imenso
ista na ponte num dia de chuva e
eblina, O ✻★⌗
entura alucinante
entura na França
vankana ✐☆⌗
leias não dizem adeus ✻🕮⌗○
hetinhos ✪
og da Marina, O ⌗✐
a de garfo e outros contos ◆✐⌘⌗
tão grená, O ▼✐
açoabraço ▼⚐
derno de segredos ❏◎✐🕮⌗○
rrego no peito
rta do pirata francês, A ✐
sa de Hans Kunst, A
valeiro das palavras, O ★
rbero, o navio do inferno 🕮☑⌗
aradas para qualquer Sherlock
ico, Edu e o nono ano
ube dos Leitores de Histórias Tristes ✐
m o coração do outro lado do
undo ■
ntos caipiras
costa do ouro ▲⌗○
matéria dos sonhos 🕮☑⌗
Paris, com amor ❏◎★🕮⌘☒⌗
sonhar também se vive...
baixo da ingazeira da praça
licadezas do espanto ✪
safio nas missões
safios do rebelde, Os
sprezados F. C.
usa da minha rua, A 🕮⌗○
vidas, segredos e descobertas
udo mentira
igma dos chimpanzés, O
quanto meu amor não vem ●✐⌗
pelho maldito ▼✐⌘
tranho doutor Pimenta, O

Face oculta, A
Fantasmas ⌗
Fantasmas da rua do Canto, Os ✐
Firme como boia ▼⌗○
Florestania ✐
Furo de reportagem ❏✪◎🕮⚐⌗
Futuro feito à mão
Goleiro Leleta, O ▲
Guerra das sabidas contra os atletas vagais, A ✐
Hipergame ✍🕮⌗
História de Lalo, A ⌘
Histórias do mundo que se foi ▲✐✪
Homem que não teimava, O ◎❏✪⚐○
Ilhados
Ingênuo? Nem tanto...
Jeitão da turma, O ✐○
Lelé da Cuca, detetive especial ☑✪
Lia e o sétimo ano ✐■
Liberdade virtual ✐
Lobo, lobão, lobisomem
Luana Carranca
Machado e Juca ✝▼●☞☑⌗
Mágica para cegos
Mariana e o lobo Mall 🕮⌗
Márika e o oitavo ano ■
Marília, mar e ilha 🗐✍✐
Mataram nosso zagueiro
Matéria de delicadeza ✐☞⌗
Melhores dias virão
Menino e o mar, O ✐
Miguel e o sexto ano ✐
Minha querida filhinha
Mistério de Ícaro, O ✪⚐
Mistério mora ao lado, O ▼✪
Mochila, A
Motorista que contava assustadoras histórias de amor, O ▼●🗐⌗
Muito além da imaginação
Na mesma sintonia ⌗■
Na trilha do mamute ■✐☞⌗
Não se esqueçam da rosa ♠⌗
Nos passos da dança
Oh, Coração!
Passado nas mãos de Sandra, O ▼◎⌗○
Perseguição

Porta a porta ■🗐❏◎✐⌘⌗
Porta do meu coração, A ◆⚐
Primavera pop! ✪🕮⚐
Primeiro amor
Que tal passar um ano num país estrangeiro?
Quero ser belo ☑
Redes solidárias ◎▲❏✐⚐⌗
Reportagem mortal
Riso da morte, O
romeu@julieta.com.br ❏🗐⌘⌗
Rua 46 ✝❏◎⌘⌗
Sabor de vitória 🗐⌗○
Saci à solta
Sardenta ☞🕮☑⌗
Savanas
Segredo de Estado ■☞
Sendo o que se é
Sete casos do detetive Xulé ■
Só entre nós – Abelardo e Heloísa 🗐■
Só não venha de calça branca
Sofia e outros contos ☺
Sol é testemunha, O
Sorveteria, A
Sótão da múmia, O ✪⌘
Surpresas da vida
Táli ☺
Tanto faz
Tenemit, a flor de lótus
Tigre na caverna, O
Triângulo de fogo
Um anarquista no sótão
Um balão caindo perto de nós
Um dia de matar! ●
Um e-mail em vermelho
Um sopro de esperança
Um trem para outro (?) mundo ✖
Uma janela para o crime
Uma trama perfeita
Vampíria
Vera Lúcia, verdade e luz ❏◆◎⌗
Viva a poesia viva ●❏ ◎✐🕮⌗○
Viver melhor ❏◎⌗
Vô, cadê você?
Yakima, o menino-onça ✍✍○
Zero a zero

Prêmio Altamente Recomendável da FNLIJ
Prêmio Jabuti
Prêmio "João-de-Barro" (MG)
Prêmio Adolfo Aizen - UBE
Premiado na Bienal Nestlé de Literatura Brasileira
Premiado na França e na Espanha
Finalista do Prêmio Jabuti
Recomendado pela FNLIJ
Fundo Municipal de Educação - Petrópolis/RJ
Fundação Luís Eduardo Magalhães
CONAE-SP
Salão Capixaba-ES

▼ Secretaria Municipal de Educação (RJ)
■ Departamento de Bibliotecas Infantojuvenis da Secretaria Municipal da Cultura de São Paulo
◆ Programa Uma Biblioteca em cada Município
❏ Programa Cantinho de Leitura (GO)
♠ Secretaria de Educação de MG/supletivo de Educação de Jovens e Adultos - Ensino Fundamental
☞ Acervo Básico da FNLIJ
✐ Programa Nacional do Livro Didático
🕮 Programa Bibliotecas Escolares (MG)

✍ Programa Nacional de Salas de Leitura
🗐 Programa Cantinho de Leitura (MG)
◎ Programa de Bibliotecas das Escolas Estaduais (GO)
✝ Programa Biblioteca do Ensino Médio (PR)
⌘ Secretaria Municipal de Educação de São Paulo
☒ Programa "Fome de Saber", da Faap (SP)
⚐ Secretaria de Educação e Cultura da Bahia
☑ Prefeitura de Santana do Parnaíba (SP)
○ Secretaria de Educação e Cultura de Vitória

6. Na savana, os animais vivem um momento crítico. Cite quatro fatos do livro que demonstram isso.

R.: ____

____

____

7. Embora sejam ambientes com muitas características em comum, o Cerrado e a Savana têm espécies animais e vegetais próprias. Identifique com **C** as espécies do Cerrado e com **S** as da Savana.

( ) zebra	( ) girafa	( ) tucano
( ) cutia	( ) onça	( ) buriti
( ) baobá	( ) queixada	( ) leopardo

8. Chico confessa ao Chopim que o considera um ídolo. Assinale o motivo da admiração do macaco-prego:

a) o fato de essa ave voar muito alto e ter espírito aventureiro;

b) a sabedoria do Chopim, conhecido pela visão a longa distância;

c) a destreza em construir ninhos fortes e bonitos;

d) a esperteza do Chopim, que coloca seus ovos no ninho de outras espécies de aves para que elas os choquem;

e) a modéstia dessa ave, que não se gaba da própria astúcia.

9. Rama e Chico não descobriram de imediato que estavam em lugares diferentes de seu *habitat* natural. Como eles acabaram percebendo isso?

R.: ____

____

____

____

____

____

____

Linguagem

10. Releia uma das falas do velho Élvis: “O que *sumcê* quer com o velho logo cedo? Boa coisa é que não pode ser, hê, hê, hê”. (p. 15)

a) A variante linguística reproduzida nas falas dessa personagem o associa a uma figura da cultura popular brasileira. Qual?

R.: ______________________________

b) Há outro(s) elemento(s) que reforça(m) essa associação? Qual(is)?

R.: ______________________________

____

11. Em um diálogo entre Romeu e Chico, o primeiro diz ter uma vez “aliviado a barra” de uma queixada.

a) O que ele quer dizer com “aliviar a barra”, na situação relembrada?

R.: ______________________________

____

b) Essa ideia está clara? De que forma você pode descobrir isso?

R.: ______________________________

____

____

____

c) Por meio da fala de Chico, que informações podemos obter sobre as queixadas?

R.: ______________________________

____

____

12. Leia as frases a seguir:

I. “Hum, um **lanchinho** antes de dormir vem em boa hora!” (p. 31)
II. “Ainda mais com este **barulhinho** de água...” (p. 32)

III. “Nossa, na correria de ontem nem percebi que havia entrado numa **grutinha** tão pequena.” (p. 33)
IV. “Olá, plantas! Como estão **verdinhas** hoje...” (p. 34)
V. “Tome isto, **rapazinho**!” (p. 30)

a) Em qual das frases o diminutivo da palavra destacada é usado no sentido de tamanho? Em qual das frases o diminutivo é empregado no sentido de desprezo?

R.: ____

b) Qual das frases apresenta um diminutivo que intensifica o sentido da palavra? Por quê?

R.: ____

c) Reescreva a frases I e II, retirando o diminutivo da palavra destacada sem modificar o sentido.

R.: ____

13. Em algumas falas, o autor optou por um registro mais coloquial. Procure no texto dois exemplos de uso de linguagem informal.

R.: ____

Refletindo

14. Chico é caracterizado na história como um macaquinho travesso, que gosta de pregar peças nos outros animais e que é pouco

b) Relacione esse medo com o modo de vida do macaco-prego.

R.: ____

____

____

4. Para se encontrar com Élvis, Chico pega carona com Zé, um tatu-canastra que é comparado ao metrô. Explique o porquê dessa comparação.

R.: ____

____

5. Leia os trechos a seguir:

I. "Tudo juntinho. Todo mundo junto. Unha e carne. Agora não é mais assim não. Fica tudo longe... Separado. Cada um no seu canto." (p. 15)
II. "Um dia, há muito tempo, todas as terras do planeta formavam um único e imenso continente. Mar também só havia um. Depois, com o passar do tempo, esse continente se separou em dois, um para o norte e outro para o sul. E as divisões não pararam mais." (p. 8)

a) Identifique qual fala pertence a dona Isaura e qual pertence ao velho Élvis.

R.: ____

b) Embora as duas falas sejam diferentes quanto à forma de expressão, elas se referem a uma mesma teoria sobre a formação dos continentes. Explique: que meios dona Isaura utiliza para explicar isso? E o velho Élvis?

R.: ____

____

c) Que tipo de conhecimento cada um deles representa?

R.: ____

____

____

( ) Comunicativo, agitado e um pouco cético, acha graça do que considera “crendices” de sua amiga girafa.

( ) Extremamente faladeira, ela acredita ser uma grande conselheira.

( ) Irritadiça, não vacila em usar sua arma fatal contra os engraçadinhos de plantão.

( ) Repórter sensacionalista.

( ) Tem sede de liderança e se acha superior aos gnus.

( ) Pensativa e um tanto mística, gosta de contar histórias de origens ancestrais.

( ) Sábio e respeitado por todos da região, conhece mistérios de outros tempos e lugares.

( ) Tímido, gosta de se esconder nas pedras.

2. Logo no início da história, Lia, a tesourinha, faz uma crítica a um comportamento atribuído aos humanos: “Esse bicho-homem! Não sei de onde vem essa necessidade de ter um território próprio. Por que não dividir o espaço com todos?”. (p. 8)

a) Essa crítica está relacionada a acontecimentos marcantes na história humana. Cite algum(ns).

R.: ____

____

b) As respostas e os comportamentos dos colegas de Lia demonstram que eles concordam ou discordam de sua opinião? Justifique com base no texto.

R.: ____

____

____

____

____

3. Apesar de levado, Chico diz ter medo de algo.

a) De que ele tem medo? Em que momento ele revela isso?

R.: ____

____

interessado em frequentar a escola. No entanto, ele parece se interessar e respeitar bastante o mestre Élvis. Como você interpreta esses comportamentos aparentemente contraditórios da personagem?

15. Os animais da Savana se preparam para uma migração em busca de água e alimento. Como você vê a relação entre zebras e gnus? Relacione-a com o que acontece com as sociedades humanas.

Pesquisando

16. A aventura protagonizada por Chico e Rama parte da chamada deriva dos continentes. Vamos pesquisar sobre isso? Busque em *sites* na internet, em livros e revistas informações sobre essa e outras teorias que explicam a formação dos continentes.

17. Em uma de suas conversas, os gnus Ndogo e Lumumba falam sobre o efeito estufa. Ndogo diz ao amigo que ele precisa se informar, já que não são apenas fábricas e automóveis que causam o aumento dos gases estufa na atmosfera. Pesquise quais outras atividades levam ao agravamento desse problema.

■ Redigindo

18. No início da história, dona Isaura sugere que seus alunos escrevam uma redação sobre como seria o mundo se os continentes ainda fossem unidos. Escreva uma narração em 1ª pessoa contando como seria sua vida se isso fosse realidade.

19. Escreva uma notícia jornalística sobre o incêndio ocorrido na floresta e o encontro dos animais da Savana e do Cerrado.

■ Trabalho interdisciplinar

20. O continente africano nos trouxe muitas contribuições culturais. Sob a orientação dos professores de História e de Geografia, organize um painel que ilustre essas contribuições e faça uma mostra para sua turma. Você também pode organizar uma exposição cultural para toda a escola.

21. Como são as personagens do livro? Pesquise fotografias deles em livros ou na internet. Busque dados interessantes e mostre aos colegas.

Para qualquer comunicação sobre a obra, escreva a:

Editora Saraiva
Editorial Paradidático e de Interesse Geral
R. Henrique Schaumann, 270
05413-010 – São Paulo – SP
e-mail: paradidatico@editorasaraiva.com.br

Escola: ______________________________

Nome: ______________________________

Ano: ____________________ Número: ______________

Coleção Jabuti

Savanas

Editora Saraiva

Marcelo Bizerril

Apreciando a Leitura

Bate-papo inicial

Para viajar do Brasil à África, precisamos ir de avião ou de navio. Mas, e se os continentes ainda fossem unidos? No Cerrado, em meio à mata, dona Isaura, a professora mais sábia da região, instiga a curiosidade de seus alunos. E não é que Chico, o mais arteiro deles, resolve levar a aula de Geografia a sério? Esse é o início de uma grande aventura que une lugares distantes mas com muitas semelhanças entre si: o Cerrado do Brasil e a Savana da África.

Analisando o texto

1. Em *Savanas*, as personagens são animais que moram no Cerrado brasileiro e na Savana africana. Relacione as personagens com as características correspondentes:

a) Jéssica
b) Hírace
c) Bela
d) Gralha
e) Élvis
f) Cida
g) Clauzi
h) Rama
i) Teresa
j) Taís

( ) Apesar de se considerar bem informada e conhecedora de todos os caminhos da floresta, é atrapalhada e não tem senso de orientação geográfica.
( ) Corajosa, arrisca-se para salvar um amigo de um incêndio.